# L'ASPIRANT

## COURRIER,

OU

## LE RÊVE RÉALISÉ.

PAR M***.

PRIX, 75 centimes.

A BRUXELLES, chez tous les Libraires.

1841.

# L'ASPIRANT

## COURRIER.

Que n'ai-je, hélas! sans honte et sans courage,
D'un grand seigneur augmenté le bétail !
Oui, j'aurais pu me soustraire au naufrage,
En préférant la livrée au travail.
D'un plat valet le langage servile
Peut obtenir des emplois du blazon ;
Il sait ramper, je ne sais qu'être utile
Accordez moi le pain de la prison !

Paroles de V......

Antoine BORNACCROCHE, cocher du vicomte NITOZIUG, ambassadeur de France à Protocolis, un jour allant porter, de la part de son maître, une dépêche télégraphique, non au Ministre des affaires étrangères, mais directement au Monarque qui règne et gouverne, fit rencontre de sa cousine Joséphine Grisétissima, et après les compliments et cérémonies d'usage, Joséphine lui dit : « Ah ça! mon cousin, quand est-ce donc que nous nous marierons? — Eh! ma chére petite cousine, je voudrais que ce fût à l'instant même, si c'était possible ; mais tu dois savoir que ces ch.... de maîtres n'aiment guère les gens mariés à leur service. Ils craignent toujours que la femme ne fasse trop danser l'anse du panier, ou que le cocher ne fasse manger l'avoine en effigie à leurs rosses de chevaux, pour ensuite la vendre au grainetier du coin de la rue Porte-Foin.

Tu sais que la profession de cuisinière n'est pas précisément un état, car à quarante-cinq ans une femme est mise à la réforme. Tiens, réfléchis bien , tu as déjà vingt-cinq ans; suppose que tu mettes, sur tes profits annuels, 300 fr. par an à la caisse d'épargnes, dans vingt ans tu auras un principal de 6,000 fr., qui, à raison de 4 p. 0[0, te produiront 240 fr. Or, étant mise à la réforme à quarante-cinq ans, tu ne pourras ni vivre de tes rentes ni entrer à la Salpêtrière, parce que tu seras encore trop jeune. Ah! si de mon côté je pouvais en mettre autant que toi en réserve, ça pourrait encore aller ; avec 12,000 fr. nous pourrions apprendre à faire les allumettes chimiques allemandes, et nous établir dans le faubourg St.-Marcel, dit faubourg des souffrants; mais je crois que tu n'as jamais entendu dire qu'un cocher bourgeois ou de régie ait fait fortune. Ils sont trop fanatisés dans leur religion, le culte qu'ils rendent à leur dieu Bacchus, leur fait trop souvent perdre la tête en leur faisant dépenser leurs offrandes en vain.

Ainsi, il faut, avant de penser à une chose aussi sérieuse que l'hymen, chercher à se fixer une position plus élevée que la nôtre et en même temps plus lucrative. Par exemple, si le rêve que j'ai fait cette nuit pouvait se réaliser, oh! alors, nous pourrions être heureux tous les deux; nous marcherions rapidement à la fortune. — Quel est donc, ce si beau rêve, mon cousin? Tiens, écoute ma ma petite Joséphine, je vais te le narrer :

« La nuit dernière, je me figurais avoir conduit mon
« maître, chez le Directeur des postes, qui donnait, à ce
« qu'il me paraissait, une soirée en l'honneur de la prise
« de Beyrouth par les Anglais, et pendant que ces Mes-
« sieurs jouaient au trictrac avec leurs dames, j'étais allé
« prendre un petit air de feu à la cuisine, où tous les
« gens de la maison étaient à table. Le valet de chambre
« du Directeur, quoique plus distingué que moi, me fit
« l'honneur de m'engager à prendre un verre de vin de
« Chypre avec eux; et tu peux penser avec quel enthou-
« siasme je dûs l'accepter! et après quelques rasades si-
« multanées, M. Samoht (nom estimable du valet), me
« fit quelques questions sur la baraque où je serts, si j'é-
« tais content de mon maitre, s'il était généreux; heu-
« reusement qu'il ne me questionna pas sur ses opinions
« politiques, parceque j'aurais été bien embarassé de lui
« répondre car, depuis dix ans que je le promène, je
« n'ai jamais pu savoir s'il est Français ou Anglais, il
« parle très bien d'ailleurs les deux langues. Quand à la
« question de générosité, je lui dis : mon cher Samoth,
« pardonnez-moi l'expression, depuis la révolution de
« 1830, on est devenu libéral ou plutôt généreux au
« point que chacun dit : à l'exemple du GRAND MAITRE,
« *totum mihi*, *nihil alliis*. Cependant, à chaque premier

1*

« jour de l'an , après l'avoir eu conduit au Tuilleries et
« ramené à son hôtel , il me laisse la liberté d'aller aux
« funnambules à mes frais. Comme tu vois, je n'avais pas
« à me plaindre de ses libéralités. Quand à Samoth', je
« n'eus pas la peine de lui faire les mêmes questions ; à
« son air jovial et son front serein , je m'apercevais déjà
« qu'il n'avait rien à regretter ni rien a désirer. Ayant
« d'abord une épouse charmante employée comme femme
« de chambre à l'administration. Neanmoins il n'en
« resta pas là , il me fit part de son bonheur , en bénis-
« sant l'étoile qui l'avait conduit à la source des plus
« grands avantages !

« Mon cher Bornaccroche , me dit-il à son tour ; je
« sers le meilleur des maîtres ! et pour vous donner une
« preuve de sa bonté et de sa prévoyance pour notre avenir
« *futur*, je ne dirai pas de celui de mes enfans, car Dieu
« a voulu que j'en fusse privé, hèlas ! je disais donc que
« pour récompenser mes honorables services, Monsieur
« m'a nommé courrier. Dans un mois, je vais être en
« pied sur une des meilleurs routes de France ... bah !
« —Ne m'interrompez-pas, je vous prie, j'ai servi Mon-
« sieur pendant neuf ans et ce temps doit compter comme
« service actif pour arriver à la retraite.

« Dieu de Dieu ! m'écriai-je, si je pouvais aspirer à une
« pareille aubaine ! Qu'elle ivresse pour moi ! c'est alors
« que je pourrais épouser ma petite cousine Joséphine !
« — Tiens ! vous avez une cousine aussi vous ? — Allons
« tous les cochers d'ambassades ont des cousines.—Que
« fait-elle ? — Elle est cuisinière. —Chez qui ?—Chez la
« comtesse D' .... rue du faubourg St.-Honoré n° ....

« —Bah ! vraiment !—Vrai, pour de bon, tiens, mais je la
« connais parfaitement. —(tout bas à l'oreille, madame
« la comtesse est la maîtresse de mon maître, nous allons
« deux ou trois fois par semaine chez elle) et je m'amuse
« joliment avec Joséphine. —Tiens. tiens, tiens, je ne
« suis pas faché de ça, moi, ça pourra peut-être bien faire
« mon affaire ! ! ! — Allons, puisque c'en est ainsi . . .
« buvons un coup. Dites moi, voulez-vous me permettre
« que j'aille chercher de quoi faire un bol de punch ?—
« Ce n'est pas la peine, mon ami, il y a de quoi ici, et ça
« ne coûte rien . . . . Nous allons faire comme les autres
« là-haut. Ce qui fut dit fut fait. Nous nous gargarisons
« le gosier avec trois ou quatres verres ordinaires de ce
« divin nectar, et nous reccommençons à jaser de plus
« belle, même à nous endormir sur la table de cuisine,
« quand les coups redoublés de la sonnette nous annonce
« que la séance diplomatique est levée. M. le vicomte
« descend d'un air assez sérieux, il venait de perdre
« une dixaine de billets de banque. Cependant, il re-
« prend peu à peu son air naturel en pensant que la
« caisse des fonds secrets lui viendra en aide pour com-
« bler ce déficit.

« Enfin bref, je monte, comme je peux sur mon siége ;
« mais tout a coup, l'air me saisit, mes yeux se troublent
« au point que je perds mon itinéraire, et au lieu d'aller
« directement du côté du Palais-Royal, pour gagner
« le faubourg St.-Honoré, je dirige l'équipage de S. E.
« sur le quai de la rive gauche. Arrivé devant le Corps
« Législatif de l'Etranger, je tourne machinalement la
« tête à droite, l'obélisque me sert alors de point de

« mire, vivement, je lance mes deux haridelles au
« galop sur le pont de la Révolution, les deux roues de
« droite franchissent le parapet et la calèche chavire
« aux pieds de la statue qui représente la paix *à tout*
« *prix, partout et toujours.* Sur ce coup de temps, je
« me réveille en sursaut, fatigué comme si le cochemar
« m'eût pressé l'abdomen pendant toute la nuit; heureu-
« sement qu'elle n'a pas été plus longue que les autres,
« quand je me couche à une ou deux heures après minuit
« et que je me lève à cinq. »

Ainsi, voilà mon rêve, ma chère Joséphine.

Eh bien, mon cher cousin, je suis on ne peut plus sa-
tisfaite de la narration de ce rêve; j'en tire un très heureux augure. Cette vision est réelle tout du long, et j'ai
la conviction qu'elle va se réaliser sous peu, car, il est
vrai que madame la comtesse D'... et M. le Directeur se
rendent réciproquement des services d'amitié. Madame
est d'ailleurs fort contente de ma cuisine. je suis persua-
dée qu'elle s'occupera avec empressement de ton affaire;
à la condition, toute fois, que tu m'épouseras. Oh! ma
chère Joséphine! ce serait double bonheur à la fois pour
moi! celui de te posséder, et celui plus grand encore de
devenir courrier!

Rassure-toi, mon cher Antoine, nous serons heureux
tous les deux. Dès ce soir, je vais en parler à madame la
Comtesse et même à M. le Directeur qui se permet quelques fois de me pincer légèrement le .... cou. Madame
en fait tout ce qu'elle veut de ce bon vieux. Ainsi, je
suis certaine qu'un seul tête-à-tête suffira, pour que dans
quinze jours, au plus tard, tu fasses ton premier voyage

en malle-poste. D'abord, tous ceux qu'elle a protégés n'ont pas attendu plus long temps :

| Tels que, | Ertaimel, | admis à 45 ans. |
|---|---|---|
| | Dralliourd, | à 44 |
| | Nitram, | à 44 |
| | Rialcel, | à 50. |
| | Reldeh, | à 49 |
| | Rionfubel, | à 47 |
| | Ratamel, son chef de cuisine, | |
| | Clysolave, son valet de chambre, | |

etc., etc.

Viens demain matin à huit heures m'attendre là sur le trottoir, c'est le moment que je viens chercher de la crême pour notre café.

En effet, le lendemain à l'heure fixée, Antoine rencontre Joséphine rayonante de joie ; elle lui saute au col, le serre dans ses bras potelés ; son émotion est si vive, qu'elle peut à peine lui annoncer l'heureuse nouvelle que Madame la Comtesse a déjà intercédé et réussi dans sa demande auprès de M. le Directeur, Oui, mon cher cousin, dans dix jours, c'est-à-dire, le 10 fructidor, tu recevras ta nomination ! Bornaccroche, près de tomber en syncope de saisissement, s'élance à son tour dans les bras de Joséphine ; tous les deux restent tellement étreints l'un contre l'autre, qu'il aurait fallu les cabestans de M. Lebas pour les séparer. Etant restés dix minutes au moins, sans mouvement dans cette position délirante, les gamins du faubourg commençaient déjà à s'agglomérer et à crier, comme au mardi gras : à la ch....

Revenus enfin, dans leur état primitif de sens com—

mun, ils se dérobèrent à la curiosité du public, en se disant de la main au revoir.

A l'époque fixée, un facteur, *ad hoc* de l'Administration, lui apporta sa nomination. Antoine, fidèle à sa parole épousa Josephine, qui continua néanmoins à rester chez madame la comtesse D'.... et dans l'intervalle de ses voyages, Samoht venait rendre quelques visites d'amitié à la nouvelle mariée, pendant que l'époux était route; du reste, ces liaisons n'altéraient en rien l'intimité des deux courriers.

Antoine Bornaccroche ne fut pas longtemps à devenir un habile exploiteur dans sa nouvelle profession ; il devint fashionable comme les camarades ; faisant canne et paletot fourré ; il fricotait à l'instar des autres dandys.

Un jour, ils se réunirent une trentaine pour faire un déjeûner dinatoire chez M. Mélange, marchand de vin, ( courrier aussi ), au coin de la rue du Puits. Chacun y apporta sa pièce rare, l'un une langouste de Brest, l'autre des huitres du rocher de Cancale ; celui-ci, un pâté de foie gras de Strasbourg ; celui-là, six poulardes du Mans ; les autres des saucissons de Lyon, des gigots de Présalé, des truites saumonnées des bords de la Manche, deux dindons truffés du Périgord ; enfin toutes espèces de fruits confits et vins liquoreux du Midi, y compris les confitures et pâte d'abricots d'Auvergne, même d'autres légumes pétrifiées de St.—Alyre, de maniére, qu'après avoir eu mastiqué bien serré, et fait d'abondantes libations pardessus les victimes inhumées, ils arrivèrent au dessert, moment assez opportun pour rompre la monotonie et jaser un peu. Les uns veulent chanter, les autres ne veulent que causer ; alors, pour trancher la dissidence, on délibère, par assis et levés ; les derniers l'emportent pour la causette, se proposant toute-fois, de laisser chanter à la fin de la séance. A l'instant même, on transforme la salle à manger en chambre inquisitoriale, et M. Roulagier dit gagne peu, comme ne faisant pas partie du corps roulant, est nommé Président à l'unanimité, et à ce titre, il aura le droit de poser des questions à chacun des membres de l'assemblée, à l'effet de savoir : par quels moyens ils sont parvenus à l'emploi de courrier.

Voici le nom des interlocuteurs, qui se font inscrire pour monter à la tribune, *sur un tabouret.*

MM. FRIPONNEAU, ex-industriel.

ROULEGOND, fils du concierge.

MÉLANGE, marchand de vin des cochers de l'Administration.

BARBARRACHE, coiffeur de l'Administration.

CISEAUROGNE, premier coupeur de M· Wencher, tailleur de l'Administration.

BROSSEFORT, (savoyard de naissance) frotteur de l'Admidistration.

CLAIRONSON, trompette à piston de l'Opéra et instructeur des postulants courriers des malles.

SABOURIN DU TRANCHET, ex-bottier du public floué.

BORNACCROCHE, cocher du vicomte Nitoziug.

SAMOHT, ex-vallet de chambre du Directeur.

PÉDESTREMANN, natif de Heussfourt en Allemagne, chasseur de M. Flouermann ministre des finances.

Et M. Roulagier employé dégommé; Président par intérim.

La parole est à M. Friponneau, dit le président, pour nous donner connaissance de son avènement.

M. Friponneau.

Messieurs, puisqu'il s'agit de parler ici sans réticences, je vais m'exprimer sans détours; mais vous voudrez bien me permettre que je remonte un peu haut, afin que vous ayiez au naturel, une période de ma biographie.

Je vous dirai donc que, de 1830 à 1833, j'ai été commis voyageur pour le compte d'une maison de mercerie fine, sise rue Ste-Foi, on y faisait aussi l'article des Malines, Valenciennes, etc., etc. Là en trois ans, malgré mes fredaines, (on rit) je m'étais amassé quelques sous, je ne sais pas trop comment, par exemple. (On rit plus fort.) un beau jour, il me prit fantaisie de m'établir aussi et faire concurrence à mon patron; le moment était favorable car, le commerce allait tout aussi bien que maintenant. Ainsi, je me mis négociant en blondes, broderies et tulle. Mon établissement prit aussitôt un essort admirable, mes affaires allaient tous les jours de mieux en mieux, au fur et a mesure que j'obtenais du crédit, tant et si bien que je ne m'inquiétais déjà plus des échéances; je les oubliais constamment à l'estaminet où j'allais, du matin au soir fumer ma bouffarde (rumeurs à gauche) en jouant au piquet ou au billard; (c'était édifiant) et ce fut là que je finis de jouer mon reste. (à gauche quelle infamie) je fermai boutique et mis la clef sous la porte. (Au centre très bien! très bien!) dès-lors j'imitai la chauve souris, pendant que mes créanciers faisaient semblant de se disputer sur ce que je ne leur avait pas laissé. (A gauche quel toupet) Après quarante jours d'hermitage, n'entendant plus parler de rien, je fus au café de la Renaissance où on y jouait une poule au bénéfice des détenus politiques. (à gauche à la bonne heure,) jusqu'alors le Préfet de police n'y avait pas mis d'obstacle. (au centre, à l'ordre à l'.....) j'eus le bonheur d'y rencontrer un ancien courrier, M. Judulgens, qui m'avait souvent porté des tulles de Calais, venant en contrebande d'Angleterre notre fidèle alliée; mais il paraît qu'il avait déja connaissance de mes malheurs car, il me dit aussitôt : que faites-vous donc maintenant?.... Cettte interlocution me fit faire un mouvement involontaire, mais sans rougir cependant. (on rit) je lui répondis en tâtonnant un peu : mais mon ami, pensez-donc que je n'ai pas été assez bénin de me retirer des affaires les mains vides tout-à- fait; j'ai encore quelques bons reliefs. (rumeurs à gauche) Néanmoins je commence à me déplaire dans cette vie oisive. (mouvements divers) Je voudrais pouvoir obtenir quelque emploi, dans une administration quelconque, un comme le vôtre, par exemple, je me plairais à revoyager. (on rit ).

Eh, mais mon dieu! il faut y essayer mon ami, dit M. Judulgens; qui ne tente rien n'a rien.—Mais pensez-vous que mon *malheur* ne pourrait pas y porter obstacle?—Oh que vous êtes donc b...! mais dutout dutout, désabusez-vous de ce préjugé—(au centre, sans doute, sans doute).

Tenez, écoutez-moi, je ne blesserai pas votre susceptibilité : Soyez banq........, je me trompe, failli si vous voulez, soit par inconduite, débauche ou égoïste spéculation, que cela ne vous inquiète pas; pourvu que vous ayez pu frustrer vos créanciers d'une somme assez pondérante pour faire fléchir la vénale conscience de M...... ou pour en faire la dédicace à ses sbires et incorruptibles subalternes qui n'entendent rien que le son argentin et ne regardent que vos mains ; vous verrez que l'on déclinera sur vos escobarderies métamorphosées en malheurs imprévus, (à gauche voilà comme ça ce joue aujourd'hui) et vous voilà dés-lors, réintégré, réhabilité dans la société des honnêtes gens ; et au bout de six semaine, au plus, vous ferez le pas de geant ! La malle-poste ou l'estafette vous transporte à Valenciennes, route que beaucoup d'autres, moins fripons que vous, ont prise pour se rendre à Bruxelles pour éviter les verroux du palais de la rue de Clichy ( à l'ordre à l'ordre, vives interruptions dans la salle ).

Le Président agite un manche de gigot sur son verre vide qui lui sert de sonnette, pour faire faire silence.

M. Friponneau.

Savez-vous que vous n'êtes guère indulgent M. Jndulgens, ce que vous venez de débiter là est bien poignant ! Ah, M. Friponneau, vous êtes par trop susceptible, pour le temps qui court, ce n'est pas précisément une personnalité que je fais, il y en a mille autres qui se trouvent dans cette catégorie. Vous ne savez donc pas que tout est révolutionné depuis dix ans. Aujourd'hui le jour, l'homme de bien rougit presque de sa probité, il est traité de niais, sans énergie ; tandis que l'habile exploiteur est applaudi et marche, la tête levée, à la prospérité. (A gauche ce n'est que trop vrai !) Ces dernières paroles me rassurèrent aussitôt et en suivant le conseil de mon agrée

j'obtins la *scandidature* de la malle de Brest. *Dixi*, Mes·
sieurs !

Le Président : la parole est à M. Roulegond.

M. Roulegond.

Messieurs, je n'abuserai pas de la parole que vous
m'accordez, je serai succint dans mon développement,
(plusieurs voix parlez, parlez). Vous savez déjà, Messieurs, que je suis le fils aîné du concierge de l'Administration, et que c'est à ce titre que j'ai l'honneur de siéger
parmi vous. (Approbation sur tous les bancs) J'ajouterai,
toute-fois, que je dois ma position *élevée* aux longs et
honorables services de mon vénérable père, à sa dexté-
rité à ouvrir et clore la porte cochère (quelques voix la
clôture! On rit) lorsque le conseiller d'état se rend chez
la comtesse D'.... ou chez cette dame qu'il a faite Direc-
trice pour sa vertu.... où enfin, quand il va faire sa cour
à *l'Homme de notre choix*, qui l'estime beaucoup sous
divers rapports : d'abord à cause de sa science particulière à grouper les chiffres, à la manière des apothicaires,
(signe d'approbation au centre) et à cause de sa rare prévoyance ; prévoyance, d'autant plus précieuse, que, si
par malheur, ces cannibales d'insurgés venaient, par l'in-
curie du Préfet de Police, à envahir le séjour royal (Au
centre, à l'ordre, à l'ordre) et que S M. inviolable fut
obligé d'aller monter le Bellerophon à Cherbourg, (au centre, le *R. Citoyen* n'est pas amphibie, il ne sait pas nager),
(rires ironiques à gauche), la *Charte-Vérité* aurait, sur
le champ, des chevaux entiers tout bridés, pour tourner
Rambouillet et éviter les enfans de Paris. (Au centre, à la
bonne heure!) (A gauche, hélas! nous ne sommes plus

en 1830, le soleil de juillet s'est bien refroidi depuis ! )
Voilà, Messieurs, ce que j'avais à vous débiter, retenez
le bien, si vous le pouvez. (Au centre, oui, oui, nous le
retiendrons), (à gauche, et nous le chasserons), quant à
moi, je retiens et conserve mon siége de malle-poste.

Le Président agitant sa sonnette improvisée dit : la
parole est à M. Mélange.

M. MÉLANGE, de sa place : Messieurs, vous voulez savoir par quelle voie j'ai su gagner la considération de
M. le Directeur, eh bien, je vais vous l'apprendre :
(plusieurs voix, sans doute par la voie d'eau) je dois
vous prévenir d'abord que je ne suis pas orateur, malgré
que je parle du matin au soir au public ; je n'irai donc
pas, par trente-six chemins, je n'en connais qu'un, celui
de Forbach et *vice versa*, ce qui veut dire, je crois, le
vice fait verser.

Or, M. Samoht, qui est ici présent, venait très souvent
chez moi avec un de ses protégés ; ils s'entretenaient sans
cesse de rapidité, de malle ou d'estafette. Moi, qui raffole
de célérifère, je demandai à M. Samoht, qui est ici présent, (pas de personalité au centre) s'il n'y aurait pas un
moyen quelconque de pouvoir arriver à la postulance ;
—Mais, pourquoi-pas ? me répondit-il. — Quels titres
pourriez vous produire d'abord ? — Dame ! je dis, vous
savez que c'est chez moi que viennent très souvent se ra-
fraîchir les cochers de l'Administration. Vous savez aussi
que j'ai le soin de mixturer la boisson d'Isidore, cocher
du Directeur, toujours dans la crainte qu'il n'aille verser
la calèche du Conseiller d'Etat, sous le pont de la Révolution, ou sous le guichet de l'Échelle, par où il monte

chez S. M. Il me semble que ces petites précautions de-
vraient bien me valoir quelques égards de la part du
maître des requêtes : moi, qui suis gros et gras, léger
comme un buffle, (on rit) ne pourrais-je pas m'élancer
aussi sur une nouvelle malle-poste? — Mais, pourquoi-
pas, me répette Samoht? vous vous remuez la bile bien
mal à propos, mon jeune homme, essayez toujours. —
Diable! Mais.... j'ai quarante-cinq ans! on ne voudra
peut-être pas de moi? M. le Directeur n'a-t-il pas des
réglemens pour l'âge de chaque individu? — Eh bien!
qu'est-ce que ça fait? il en fera un pour vous, si vous
tombez d'accords sur le *sine quoi non.* — Ma foi, vous
avez raison! j'ai quelques couples de sacs d..., ils pour-
ront peut-être bien me faire rajeunir....; ma pudique
femme, secondée par mon fidèle garçon de cave, (on rit)
tiendra le comptoir ouvert. (Au centre, il a raison) Allons, M. Samoht, puisque vous voulez bien me servir de
courtier, je vais y essayer....

Ainsi, M. Mélange essaya et réussit si bien par l'inter-
médiaire du sus-nommé, qu'au bout de deux mois, il
reçut sa nomination. Alors, transporté de joie, il fixe sa
femme avec des yeux étincelans! Eh bien: tu vois ma
bonne Virginie, que je réussis dans toutes mes entre-
prises; de garçon tonnelier, je suis devenu marchand de
vin traiteur, à cela je réunis l'emploi de courrier, qui
me coûte un peu cher il est vrai; mais c'est égal, ça ira
fièrement vîte, (Explosion d'applaudissemens au centre).

Le Président. La parole est a M. Barbarrache.

Messieurs, dit M. Barbarrache. (Après avoir eu pris
un verre de vin) un jeudi, jour de réception à l'adminis-

tration, après que j'eus rasé M. le Directeur, j'étais entrain
de lui relever ses quelques cheveux sur le point culmi-
nant de sa tête nue, nue comme la tonsure de Pie VII :
il entre en ce moment là, un individu qui est M. Claironson que je n'avait pas l'honneur de connaître, alors, pour
demander, à M. le Directeur, quel jour et à quelle heure
il fallait qu'il vint donner des leçons de trompette à piston aux nouveaux postulants courriers. A ces mots, moi
qui suis fou de musique à vent, je gesticulais malgré moi,
comme un cheval de bataille, d'ailleurs m'ennuyant déjà
de pincer le nez au public, (on rit) je me dis en moi-
même : voyons, il faut que je demande à mon illustre
pratique dont je fais tourner la tête quand je veux, à
faire partie de ces musiciens à vent. (Rires sur tous les
bancs) à l'instant même, j'interpelle M. le Directeur, et
lui dis : ah ça, monsieur, je vois que tous les industriels
se font courriers ! est-ce que le tour des artistes ne viendra
pas....Ah mais si ! j'espère ! moi, le coiffeur du Conseiller
d'Etat, Directeur général de toutes les postes et des paque-
bots; celui de ses gendres et fils, y compris celui qui a gagné
la croix à..... (une voix, au déluge donc) (on rit); moi,
le coiffeur de leurs nymphes ! moi, enfin qui ai sans cesse,
les ciseaux, le peigne et le rasoir en mains parfumées
d'huile vierge et autres odeurs ! je dois aussi savoir faire
claquer un fouet, et prendre les chevaux par la crinière
dans le cas que le postillon viendrait à tomber de son
siège d'un coup de sang ou d'un coup de canon (on rit)
de vin. D'ailleurs ces quadrupèdes ne connaissent-ils pas
assez le frayé de la route, pour ne pas aller, d'eux mêmes
me verser la malle dans un fossé, (une voix qu'elle peste

que l'éloquence) je dois donc, Monsieur vous demander la sinécure de courrier, (une voix de gauche, il s'abuse) pour prix d'avoir su coiffer vos directrices éphémères, à la Ninon, su teindre les cheveux de vos maîtresses retraitées ; enfin, pour avoir placé un faux toupet au Chef du personnel (à l'ordre à l'ordre) faux, sans apparence de fausseté. (Mouvements divers).

Vous avez parfaitement raison, M. Barbarrache, je suis trop ami des arts et de la justice pour ne pas faire droit à votre demande. Je vous promets que vous serez nommé avant la rentrée des chambres, pour éviter toutes réclamations de MM. les Députés provinciaux, qui vont venir me harceler pour leurs créatures qui n'ont aucun titre à mes faveurs.—Et me voilà. (Vives approbations au centre) (rires ironiques à gauche).

Le Président : la parole est à M. Ciséaurogne premier coupeur de M. Wencher.

Quand à moi Messieurs, je ne me suis pas donné beaucoup de peine pour pouvoir partager votre bonheur. Mon patron comme tailleur de toute la famille administrative père et fils, n'a eu qu'a dire à M. le Directeur : J'ai un bon sujet à vous offrir pour courrier ; Ciseaurogne, est un homme plein de vigueur et de soumission ; il est hardi comme un lion. Celui-la ne reculera pas devant le poigard (c'est lui qui a poignardé tous les nouveaux costumes des courriers) pour sauver la malle-poste d'un coup de main de larron. C'est lui, d'ailleur qui a trouvé le moyen de faire des poches budgétives qu'on peut emplir sans que cela paraisse aux finances. Or la munificence Directoriale ne saurait récompenser trop généreusement cette utile

invention, par un emploi de courrier, ou par une médaille d'encouragement. La croix devrait même briller
sur sa large conscience. Aux utiles inventeurs l'Administration doit être reconnaissante!!! (au centre, sans doute,
sans doute).

Cette courte exorde, Messieurs, à suffi pour me faire
arriver à la certitude d'une retraite honorable. (Au centre bravo, bravo.)

M. Brossefort (Antoine, natif de Monaco.)

Messieurs, mon honorable collègue vient de déclarer
dans cette enceinte, qu'il ne s'est pas donné beaucoup de
tourmens pour ses démarches ; que son talent seul l'a fait
admettre parmi les membres du corps roulant. En venant
le suivre sur le même terrain, je vous avouerai, tout
d'abord que j'ai été presque aussi heureux que M. Ciseaurogne.

Il ne me reste donc plus, Messieurs, qu'à vous apprendre les causes de mon avénement : vous savez tous
que j'avais mon établissement de commissionnaire et dé-
crotteur au coin de la rue Coq-Héron n°. 1. M. le Directeur avait souvent besoin de mon ministère, avant qu'il
ne fît équipage, soit pour la toilette de sa chaussure, ou
pour faire reluire les appartements qui n'étaient pas encore recouverts du tapis monstre (de 2,000 fr.).

Je me fis bientôt remarquer par mon humble soumission et je gagnai insensiblement sa confiance, au point qu'il
m'envoyait porter sa correspondance particulière à des
dames de haut parage. Mais, un jour je fis une énorme
boulette, qui du reste me servit plus tard, ne sachant ni
A, ni B, je me trompai d'adresse sur deux lettres confi-

dentielles que j'avais à porter, je remis l'une pour l'autre, ce qui valut de violents reproches à M. le Directeur. Le lendemain, le visage altéré, transporté de colère; il me dit d'un air foudroyant : sapristi! il faut que tu sois bien b... mon pauvre Antoine, tu m'as fait une soignée bévûe, hier! tu ne sais donc pas lire imbécile?—encore moins, écrire, M. le Directeur.—Comment, le Roi de Sardaigne n'a donc pas de frères ignorantins dans son royaume? pardon, Monsieur le Directeur, nous le sommes tous. —En voila un pays de progrès!—que voulez-vous M. le Directeur on nous laisse dans l'ignorance pour que nous ne sachions pas réclamer, quand on nous opprime—Eh bien : puisqu'il en est ainsi, et, pour que tu ne me fasses plus dorénavant de ces boulettes-là, je vais t'envoyer à l'école où en soixante leçons, tu en apprendras autant qu'il t'en faut pour le service auquel je te destine. Tu continueras à être mon messager D'a.... en faisant la postulance de courrier, jugez, Messieurs, de mon étonnement et de ma chance. (Au centre toute peine mérite salaire) il est évident par cela, qu'une faute nous sert souvent plus qu'une action de patriotisme. Ainsi, dès ce moment je me trouvais être à-la-fois, et s'en m'en douter, ce que les prolétaires de Paris, appellent cosmopolyte, et courrier. (Dénégation à gauche) (applaudissement au centre.)

M. Claironson, à la tribune :

Messieurs, attendu que des affaires particulières m'appellent encore sur le boulavart des Italiens, je vais hâter le plus possible l'exposé des communications que j'aurais désiré pouvoir me dispenser de vous faire; mais puisque la circonstance m'y contraint, j'aborderai la question en vous disant : que comme premier trompette à piston à l'Opéra, M. le Directeur des postes voulant donner un grand éclat à ses capricieuses innovations, me fit appeler pour donner des leçons de mon instrument à tous ses pos tulans courriers. (Au centre, c'est clair) Au bout de six mois mes élèves en savaient assez pour effrayer les passans par leur fanfare, et j'étais sur le point d'être remercié. Mais dans l'intervalle de mes leçons, pendant que mes élèves prenaient haleine, je leur fesais des questions pour savoir si cet emploi offrait quelques avantages; à leurs réponses qui, quoique n'étant pas très franches, me laissèrent préjuger que ces fonctions n'étaient pas excessivement désagréables. Dès lors, je conçus le dessein de me faire recevoir courrier. J'avais, d'ailleurs depuis longtemps, le goût de voyager; mais comme mes faibles ressources ne me permettaient pas de le faire à mes frais, c'était donc là le vrai moyen pour me satisfaire. Je me hasardais d'en faire la première ouverture à M. le Directeur qui me répondit d'abord : nous verrons ça plus tard, monsieur. Mais craignant que ce plus tard ne vint jamais, et connaissant d'ailleurs, par ouï-dire, le côté faible de M. le Directeur; je priai mademoiselle Sylvie, jeune et jolie danseuse de l'Opéra, de se rendre auprès de M. C..., pour tâcher de le disposer en ma faveur. Après quelques hésitations, la belle Sylvie se rend à l'Administration, où étant annoncée par l'huissier, M. le Directeur se hâte de la faire introduire dans son cabinet, et là, les choses allèrent si bien, et les conditions de part et d'autre si bien remplies, que mademoiselle Sylvie en sortit victorieuse.

Je pense qu'il est inutile, Messieurs, que j'entre dans de plus longs détails pour vous faire comprendre quel fut l'objet principal qui me procure aujourd'hui la faveur de siéger parmi vous. (Rires ironiques à gauche).

M. Sabourin Dutranchet.

Messieurs, ainsi que vient de le faire mon prédécesseur à cette tribune, je n'abuserai pas de l'attention que vous me portez. Je me contenterai de vous dire, qu'à l'exemple de notre estimable collègue M. Friponneau, nayant pu réussir dans mon honorable profession, quoique je fusse breveté de S. M. je me suis vu dans la nécessité d'abandonner mon fonds à mes créanciers ; et que par l'entremise de quelques grosses têtes que j'avais chaussées qui loin de me repousser, eurent quelques égards pour moi, j'entrai comme garçon de salle au Corps-Législatif. Néanmoins ce ne fut pas là le terme de mes convoitises. Mon salaire n'était pas assez fort pour que je pusse me livrer à mes habitudes, au surplus, après une cession de cinq mois au plus, j'étais déjà las d'ouvrir et fermer les portes de la salle des Pas-perdus, j'avisai donc au moyen que mes nouvelles instances ne fussent pas perdus pour moi. M. le Directeur, se trouvait alors le digne représentant d'un canton à la Chambre, et je le tourmentai tant pendant deux ou trois mois, qu'en dépit des réglements et de mes quarante-quatre ans, il m'admit à la postulance de courrier. Ainsi finit mon histoire. (bravo, bravo, au centre) (sensation à gauche).

M. Bornaccroche, est dispensé de parler attendu que nous connaissons son histoire.

M. Samoth, comme ex-valet de chambre du Directeur, peut aussi s'abstenir de s'expliquer; tous les convives étant d'accords sur les motifs qui l'ont favorisé : tel que celui d'avoir, pendant neuf années consécutives, entretenu, dans son vernis primitif, le vase nocturne; il était assez rationnel qu'il en retirât quelques fruits.

M. Pédestremann, (allemand, chasseur de M. Flouermann, Ministre des finances, allègue une excuse irréfragable, de pouvoir prendre la parole, vu qu'il ne sait pas parler la langue de la *nouvelle France*. Au reste, nous savons tous que c'est son Excellence qui l'a poussé à la poste.

Dix–sept membres sont dispensés, ainsi que les sus-nommés, de monter à la tribune leur affaire est à la connaissance de toute l'assemblée. Personne n'ignore qu'ils ont tous servi en qualité de cochers, palfreniers, valets de chambres, chez des comtes, des barons, des capitalistes, chez des pairs de France où à la cour ; que cuégard à leurs utiles et honorables services, ils ont dû en être récompensés par un emploi à retraite. (Une voix, oui; ils ont servi sous d'assez nobles bannières pour mériter les faveurs de l'Administration des postes).

La liste des orateurs étant épuisée, l'assemblée propose de porter un toast en l'honneur de M. le Directeur, et invite le Président; M. Roulagier à vouloir bien instruire les membres de l'Assemblée des circonstances qui l'ont fait échouer dans ses démarches.

Le Président.

Messieurs, avant de vous satisfaire sur la dernière proposition, je vous prierai de différer le toast proposé, jusqu'à la fin de la séance, parce que je prévois que mes dernières explications vous obligeront sans doute à passer outre.

Je vous demanderai aussi, avant que je vous entretienne de ce qui me concerne, la permission d'adresser quelques questions à M. Samoht, comme étant le plus apte à nous donner quelques renseignemens sur la Direction en général de l'Administration. (Plusieurs voix, oui, oui).

M. Samoht, vous qui avez été sans doute à même d'entendre M. le Directeur se glorifier des améliorations apportées à la poste? Vous, plus que personne, pouvez nous dire.si on doit lui en attribuer exclusivement tout le mérite?

Messieurs, malgré que je ne sois pas très expert en pareille matière, je vous dirai cependant avec mon gros bon sens que je remarque qu'il s'est opéré en effet bien des améliorations depuis dix ans : vous voyez que presque toutes les localités du royaume, villes, bourgs, villages et hameaux sont desservis journellement et directement ce qui n'existait pas avant; mais quant au génie créateur qui a donné l'extension à ces progrès, je ne pense pas qu'on doive l'attribuer exclusivement à M. le Directeur ; attendu que je suis convaincu que des employés subalternes y ont beaucoup plus contribué que le chef; il ne peut donc avoir d'autre part au mérite de cette œuvre, que celle d'avoir approuvé et mis à éxécution les idées d'autrui.

Maintenant, Monsieur, que pensez-vous de l'avantage de ces nouvelles malles?

De l'avantage? je suis certain qu'elle n'en apportent aucun, en les considérant sous le point de vue de célérité; au contraire, étant plus lourdes et plus volumineuse que les anciennes, elle ont l'inconvénient de ralentir la marche, au lieu de l'accélérer : et la raison en est toute simple; plus un objet, lancé dans l'espace est volumineux, plus il rencontre répultion par l'air. Voyez une balle, elle franchit bien plus rapidement la distance qu'un boulet, toujours par la raison du volume. Je conclue donc de là que, loin de trouver un avantage dans cette innovation, je n'y vois qu'inconvénient et pour la sureté des courriers et pour la vitesse, ainsi que pour le budget: je veux dire qu'elles ont coûté fort cher et que l'on sera longtemps pour récupérer les millions employés à leur confection. Ainsi, tout autre que ce dernier Directeur aurait pu arriver sans efforts, à un semblable résultat, s'il eût été soutenu de même par le pouvoir suprême.

En industrie, vous voyez, tous les jours, que des chefs d'établissements, usines etc., sont souvent moins pénétrés de l'art qu'ils professent que leurs propres ouvriers, que sans eux ils se coûleraient indubitablement; néanmoins s'il sort de tel ou tel atelier un perfectionnement ou une œuvre de génie élaborée par la main d'un ouvrier, c'est toujours le chef de l'établissement qui en reçoit les éloges ou la croix s'il y a lieu.

A ce sujet, je dirai avec le célèbre Boileau :

Qniconque est riche est tout, sans sagesse il est sage ,
Il a , sans rien savoir, la science en partage.

M. Samoht, puisque ces nouvelles malles ne devaient offrir aucun avantage pour le commerce, pourquoi M. le Directeur les a-t-il mises en activité?

Messieurs, divers motifs l'y ont déterminé : il a voulu d'abord, imiter l'élégance de l'Angleterre notre *très fidèle alliée;* puis, comme l'adjudication au rabais pour l'entrepreneur nécessiterait un maniement considérable de fonds, il a eu l'espoir, bien fondé, d'ailleurs, qu'il lui en resterait quelques déchets. (Au centre, très bien, très bien).

Pourquoi a-t-il placé les courriers sur le derrière des voitures?

C'est parce que, ami des progrès et de l'humanité, M. le Directeur, n'a pas voulu laisser ces pauvres diables en contact avec les voyageurs, qui sont ordinairement de grands seigneurs, comme lui, et a donc préféré exposer les courriers aux rigueurs de toutes les saisons et aux plus grands périls, que de les laisser côte-à-côte de quelque inspecteur des finances, craignant quelque révélation indiscrète sur sa gestion ; pensant d'ailleurs, que ce nouveau mode ne leur semblerait pas ridicule, attendu que la plupart d'entr'eux avaient sans doute conservé l'habitude d'aller en chevaliers grimpans sur le derrière de l'équipage de leurs maîtres ;

Pourquoi a-t-il fait changer leurs costume?

Messieurs, pour trois raisons : d'abord, pour compléter l'élégance de l'équipage, voyageurs, postillons et chevaux ; pour qu'ils n'eussent plus de poches pour mettre ni porte-feuille, ni commissions ; ensuite, pour que le tailleur adjudicataire, pût, sans léser ses intérêts, lui en laisser quelques rognures, soit sur le prix des 500 francs qu'il en fait payer aux courriers, et enfin, pour qu'ils n'eussent pas l'air d'un négociant allant en foire ; mais bien les dehors de la domesticité.

Comment se comporte-t-il envers les employés, en général ?

D'une manière très dûre, messieurs, il les traite comme des nègres esclaves.

Dès-lors, il ne doit être ni juste ni impartial ?

Juste au point de doubler leur service, et diminuer leur salaire : impartial comme un maître qui renvoie un bon serviteur exempt de flatterie pour en prendre un autre mauvais, mais flatteur :

Est-il affable, populaire, d'un accès facile ?

Il est affable, comme la plupart de ceux qui sont montés de bas en haut : accessible pour ceux qui lui conviennent, ou, dont il attend quelques services : tels-que Pairs, Députés féodistes, et les belles Dames ; tout homme dont le nom ne porte pas le cachet de grandeur ou d'opulence, ne peut arriver jusqu'à ce grand homme !

Que fait-il de ses enfants ?

Messieurs, il agit en vrai père à leur égard ; capables ou non, il les envoie Directeurs dans les villes les plus considérables de France, comme Strabourg, Bordeaux, Lyon et Antibes ; ou les garde près de lui comme chefs de Division, vous voyez, messieurs, que cela n'est pas trop mal-adroit.

Pour éviter, à M. le Président, l'embarras de m'adresser d'autres questions j'ajouterai, pour compléter le panégyrique de ses vertus, qu'il est pétri d'orgueil, de fierté et d'arrogance ; vous dire de quoi il se targue, je l'ignore, à moins que ce soit sur sa fortune, son *habileté* ou sa naissance ; mais peut-être en trouverez-vous la cause dans le récit que je vais vous faire d'un article que j'ai lu en février ; le voici :

« M. C..., ci-devant capucin, maintenant Maître des « requêtes et Directeur, non général des postes, est né en « Alsace, a commencé sa carrière par être capucin. Il « jetta le froc en 89, pour se lancer dans le monde *in-* « *dustriel*. Nous le trouvons à cette époque tantôt garçon « de bureau, avec un nommé Natsahc, aujourd'hui char- « geur des malles au départ, tantôt commis chez un rece- « veur à Rouen. N'ayant pas été content de la générosité « de son patron, il le quitta pour aller occuper une autre « place de commis en Westphalie, dans une maison de « Jésuites. »

« Après le désastre de Leipzick, resté sans emploi, il « revint à Paris où il végéta jusqu'en 1815 époque à la- « quelle, il entra dans la police. Mais avant son affiliation « à la rue de Jérusalem, M. C..., s'était vu réduit à la « plus affreuse misère. Son adresse au jeu de billard fut « alors une providence pour lui. Chaque soir, la *Poule* « du café Turc le comptait au nombre de ses joueurs, et « l'ex-capucin trouva dans cette industrie de quoi satis- « faire au premiers besoins de la vie. »

« Les recommandations de quelques *congréganistes* le « firent passer à l'Administration des postes ; il était déjà « Chef de division, qu'il allait encore tous les soirs faire « la *poule* au café Turc. L'Administration jugeant néan- « moins qu'il n'était pas de sa dignité qu'un de ses em-

« ployés supérieurs fût remarqué journellement dans un
« lieu public, lui enjoignit de cesser cette habitude de
« *Philibert*, à quoi il se résigna. »

« Cet homme, du reste, n'était pas seulement adroit
« au billard, son intelligence de scapin, lui fournissait un
« singulier moyen pour afficher son royalisme *pur*.
« S'étant abonné au journal le *Drapeau-Blanc*, il avait
« le soin d'en mettre un numéro dans sa poche par dessus
« son mouchoir, de manière qu'en se mouchant en temps
« opportun, la feuille annotine tombait de la poche du
« ci-devant capucin devant les yeux de l'Administrateur;
« et témoignait les bons sentiments de son subordonné. »

« **Qui pourrait nous dire**, si ce n'est M. C..., comment
« **fut partagé cet énorme pot-de-vin** que les FF. G...,
« **donnèrent à l'Administration pour obtenir l'entreprise**
« **des malles à quatre roues**, sous la direction de M. de
« **Mézy?** »

« Quelques temps après ce tour de gentillesse, il eut la
« velléité de se faire nommer Directeur, mais en raison
« de certains tripôts qu'il y faisait, l'administration le
« renvoya au ministère des Finances, d'une manière
« nullement flatteuse pour lui. »

« **En 1830, il fut le premier à approuver les ordon-**
« **nances de Charles X.**, puis il le cacha ju'qu'au 31 Juil-
« let, où il accourut auprès du baron L.., autre défroqué,
« pour se frayer jésuitiquement le chemin de l'Hôtel qu'il
« occupe. »

« Pour enlever d'assaut, un poste qu'il ambitionnait
« depuis si longtemps, M. C..., prit l'engagement aussi
« audacieux que mensonger de faire 6,000,000 d'éco-

« nomies, et pour en donner une première preuve, il
« réduisit provisoirement les honoraires de Directeur de
« 40,000 à 20, un semblable désintéressement devait lui
« donner carte blanche, pour tout bouleverser dans
« l'Administration ; il en usa largement et nombre d'exis-
« tences honorables et péniblement acquises, furent
« anéantis par l'ex-capucin, afin de pourvoir ses créa-
« tures et sa famille, hommes et femmes, des places les
« plus lucratives. »

« Le même désintéressement l'a encore guidé quand il
« s'est approprié une tabatière enrichie de diamans, au
« détriment de MM. de V....., et Ch....., auxquels le
« cadeau appartenait, puisque c'était à l'occasion d'un
« traité passé sous leur administration que la Suisse l'avait
« offert à la Direction des postes de France, et M. C...,
« n'avait eu qu'une simple signature à donner dans cette
« affaire, ce qui ne l'empêcha pas de s'allouer la taba-
« tière ainsi qu'une certaine somme qui, dit-on, fut
« partagée entre lui et quelques employés supérieurs.
« ( On peut voir dans le *Moniteur* de Juin et Juillet 1851,
« la polémique qui fut engagée à ce sujet entre lui et
« l'honorable M. Ch.... ). »

« Entr'autres victimes de ce fameux Directeur, nous
« citerons en première ligne le patriote Hébert, employé
« supérieur, décoré de Juillet, destitué par ce perfide ex-
« capucin ; un autre employé supérieur avait découvert
« le jésuitisme de M. C...., qui se promit bien de s'en
« défaire à la prochaine occasion. En effet il cherche à le
« compromettre dans un rapport de police où il voulait
« faire figurer le nom de l'employé en question. Sur le

« refus de l'agent de police, il fit venir l'honnête homme
« dans son cabinet pour le circonvenir et l'engager à
« jouer le rôle de dénonciateur : échouant encore dans
« cette ignoble tentative, il réforma l'employé sous forme
« de mesure d'économie, et au même moment qu'il sa-
« crifiait à sa passion les droits de vingt-quatre années
« de service irréprochables, il nommait un de ses fils âgé
« de vingt-un ans à un emploi de 5,000 fr. à Bordeaux.
« Il est bon de dire aussi, que l'employé qu'il destituait,
« avait été chargé par M. Ch...., de recueillir l'argent
« envoyé par le département, pour la souscription na-
« tionale en faveur des victimes de Juillet et d'en verser
« le montant à la Caisse municipale, cet acte de civisme
« de la part d'un employé de son administration, ne
« pouvait que déplaire à M. le Directeur, lui qui avait
« donné son assentiment aux ordonnances de Charles X. »

Messieurs, dit M. Samoht, il ne me reste qu'un regret,
celui de ne pas connaitre assez le calcul, parceque j'aurais
voulu, pour compléter mes renseignemens, pouvoir résoudre ce problême : comment ça peut se faire qu'un directeur qui n'avait pour tout patrimoine que 20,000 fr.
d'honoraires, ait pu, en dix ans, réaliser un principal
de 8 à 900,000 fr., je vous avoue que c'est de l'hébreux
pour moi.

M. Samoht, nous savons à quoi nous en tenir sur ce
problême, il nous sera très facile de le résoudre quand
nous voudrons nous en donner la peine.

Nous vous remercions toujours, au nom de l'assemblée,
de ce que vous venez de nous révéler. Asseyez-vous, vous
devez avoir chaud, buvez un coup, vous l'avez bien mérité.

Le Président Roulagier.

Messieurs, je vais me rendre maintenant à l'invitation que vous m'avez faite il y a peu d'instans; mais pour que vous puissiez apprécier toute l'étendue du bonheur dont vous jouissez, sans vous en douter, veuillez me permettre que je remonte jusqu'à la source d'où découlent toutes mes disgrâces, (plusieurs voix, parlez, parlez).

Ainsi, je dois vous donner connaissance que le destin a été excessivement avare, pour ne pas dire injuste, à mon égard, car en ouvrant ma carrière, il ne m'a laissé, pour toute perspective, que les chances hasardeuses du pauvre prolétaire à courir; vivre en homme d'honneur, ou mourir malheureux ! Telle est, messieurs, la position où je me trouve depuis longtemps.

Cependant, il y a près de onze ans, de néfaste mémoire, sans relater les efforts que j'avais faits avant, je m'avisai, pour la première fois de ma vie, de jeter un coup d'œil sur la constitution, que l'on disait alors *Charte Vérité*, et je m'arrêtai à l'article III, qui est ainsi conçu : « *Tous* « *citoyens français sont également admissibles aux em—* « *plois civils et militaires.* »

Dès-lors, non-seulement, comme pur Français, mais encore comme bon citoyen, même garde national, je crus pouvoir me permettre d'aspirer à un emploi d'Administration gouvernementale, afin de me faciliter les moyens (car je suis pauvre comme Job, n'ayant que mon peu d'intelligence que l'on refuse d'employer) de pourvoir à mon existence ainsi qu'à celle de mes enfants. Or, comme champion des trois immortelles Journées de Juillet et avec des preuves authentiques, j'adressai, en octobre 1850,

à M. le général Lafayette, une demande bien apostillée, d'emploi de postulant courrier ; mais cette tentative
n'ayant pas obtenu le succès immédiat que j'en attendais,
j'ajournai de nouvelles démarches jusqu'en 1836, époque
où il me fut plus facile d'obtenir d'autres protecteurs
pour retourner à la charge et battre en brèche. En effet,
dix-huit Députés seulement, deux maréchaux de France,
un Pair, un Ministre, un Frère de ministre, un Préfet,
cinq Maires, trois Colonels de Légions, un Homme de
Lettres très célèbre , enfin, un Aide-de-Camp de S. M.,
réunirent leurs efforts pour me faire arriver à mon but.

Voilà, Messieurs, le récit de l'ensemble de ma seconde
campagne ; reste maintenant le détail des petits combats
que j'ai livrés et les résultats qui en sont dérivés :

Il est essentiel que vous sachiez que dans l'intervalle de
l'envoi de ma première demande et la réponse que l'on
y fit, un de mes plus chauds protecteurs, me donna, de
bonne foi, le conseil de faire la connaissance d'une des
personnes attachées au service du grand et intègre rénumérateur, soit un des valets de chambre. Et en me donnant ce conseil, il ajouta : voyez-vous, si vous avez le
bonheur de plaire à cet agent, vous arriverez bien plus
vite, que par la protection de nous autres Députés de la
gauche ; M. le Directeur ne les écoute que par politesse
et ne leur promet que pour se débarrasser d'eux. Ainsi,
je vous recommande de ne pas avoir l'air d'un malheureux qui n'a pas le sou, au contraire, engagez le d'abord
à prendre une demi-tasse, ou un petit verre de kirsch
de la forêt noire, parceque je crois qu'il n'en aime pas
d'autre ; puis, si vous avez une femme qui ait un certain

air.... invitez le à venir chez vous siffler des huitres en
prenant le vin blanc; et là déclinez lui vos idées, vos pré-
entions; dites lui, sans mâcher, que vous aurez soin de
lui s'il peut vous protéger auprès de son maître : et par-
tant, glissez lui doucement dans la main, pour ne pas
blesser son amour propre, un à-compte de quelques pis-
toles en lui disant : bas à l'oreille, plus tard, le gros lot !
de manière qu'en renouvelant, à différentes fois, cette
amicale poignée de main vous finissez souvent par......
rien obtenir.

Cependant, je ne sais, si ce mot de gros lot, lui avait
souri, après que j'eus reçu la bannale réponse de l'Ad-
minisration, mon nouveau protecteur, m'introduisit auprès du Chef du personnel qui, grâce à la pantomime et
à la voix sonore de mon introducteur put m'entendre (car
il est sourd comme un juge en Cour criminelle aux prières
d'un repentant) et me comprendre ; ce dernier me donna
donc l'assurance qu'il allait me porter sur la liste des candidats, en me recommandant, toute-fois, de former une
nouvelle demande qui fût apostillée par le plus grand
nombre possible de notabilités.

Satisfait du bienveillant accueil que me faisait le Chef
du personnel et me conformant au conseil sensé d'ami,
qu'il me donnait, je me mis aussitôt en chasse pour recueillir des signatures ; la battue fut si prospère qu'il ne
me restait déja plus de place pour les recevoir ; mais au
moment de jouir du fruit de tant de courbettes, les vents
avaient déjà changé pour moi, à l'Administration.

En cette occurence, je crus devoir adresser mes réclamations à M. le Directeur auxquelles il répondit par ces
anomalies :                                                    5

Oui, M. Roulagier, je sais que, depuis 1830, vous sollicitez l'emploi de postulant courrier, et surtout depuis quatre ans vous nous tourmentez pas mal ; mais c'est égal vous ne pouvez pas y arriver, malgré que vousayez de sept à dix ans de moins que ceux que nous admettons, vous avez passé l'âge de mes règlements que nous rendons cependant malléables *ad libitum* pour nos amis. D'ailleurs, vous n'êtes ni gros ni gras, vous êtes trop léger, pas assez matérialisé, vous comprenez? nous préférons ces gens que nous envoyons à l'ecole, pour apprendre à signer leur nom, seulement. Au reste vous n'avez pas, comme le perruquier, l'habitude des cheveaux ; vous ne connaissez pas la direction d'une voiture attelée, comme le valet de chambre de Madame la comtesse de....., malgré que vous ayez resté pendant dix-sept ans parmi tout cet attirail, (Roulage). Enfin, n'importe vous ne connaissez pas la carte comme mon frotteur, qui est venu directement de Chambéry en passant par la Charité. Non, vous ne savez pas ce que c'est que les relais, les fossés, les ornières et les débords, le fouet, les guides, les traits, la flèche, le palonnier, ni cheville ouvrière, ni train, ni mécanique, ni sabot, ni clef, ni frette, ni écroux, ni resorts, enfin, ni hu, ni dia !

Au reste, vous n'avez pas été militaire par hazard? non M. le Directeur, oh alors ! vous ne pouvez avoir aucun droit à notre juste impartialité, attendu que nous protégeons ceux-là d'une manière toute spéciale, toute débonnaire, et la preuve est que, par déférence, pour un riche Député (du juste milieu) qui veut placer sa cousine, nous ôtons, à cet ancien militaire, père de cinq

enfants, réformé pour cause de blessures, l'emploi que
notre prédécesseur lui avait accordé comme seule ré-
compense à ses neuf campagnes faites sous l'Empire des-
potique.

Vous devez savoir, d'ailleurs, que nous ne donnons
ces places là non au mérite, non aux ayant droit, ni à
ceux qui ont bien mérité, soit de la patrie, de l'humanité
ou de la société ; mais à la faveur, à la camaraderie et
aux gens comptables ; tandisque vous, vous n'avez pas un
denier, et n'êtes appuyé que par des Députés, pour la
plupart, de l'extrême gauche, quant à ceux du juste milieu, ils ne s'occupent que des leurs.

Venons en à votre position sociale ; vous avez des enfans dites-vous ? vous auriez besoin de cet emploi pour
les faire élever ; vous avez fait de grands sacrifices pour
l'obtenir? vos longues démarches vous ont fait perdre
l'emploi qui vous faisait vivre vous et vos enfans ; vous
vous adressez maintenant à tous les saints pour en avoir
un autre ; vous n'en trouvez pas, vous êtes réduit au dé-
sespoir ! mais celà ne nous regarde pas ; nous ne sommes
pas sensibles, le moins du monde. Que n'avez-vous des
métaux à nous offrir, au lieu de ces banales recommandations aussi futiles que nos promesses, aulieu de ces
apostilles qui ne font que constater, votre probité, capacité
et pauvreté, cela ne sonne pas.

On nous a dit que vous êtes un très honnête homme,
intelligent, plein de sentiments généreux, courageux,
même ; mais vous n'avez pas fait le coup de fusil, comme
garde national dans les émeutes intérimaires ni dans celles
qui ont succédé? Non Monsieur, je n'ai jamais encouragé

l'arbitraire! dès lors vous n'avez ni tiré ni tué? c'est que dans le premier cas, vous auriez eu la médaille; dans le second, la décoration de la Légion *d'Honneur!* et si vous aviez été tué, les honneurs militaires, ainsi que la place qui vous est réservée, *fosses communes.*

Mais je vous demande encore, que peuvent nous servir ces ennuyeuses suppliques que vous addressez à mes fils? pensez donc qu'ils sont comme leur père insensibles; ils ne comprennent même pas le sens de vos lettres, parceque vous n'avez pas été à la même école. Vous parlez à-peu-près le français; mais à Bitch, on ne parle que l'allemand.

Quelle considération, voulez vous que nous ayons pour ces marques de bienveillance réitérés que vous avez arrachées à force d'instances, à ces :

Maréchaux de France.

Pairs de France.

Ministres.

Frére de Ministre.

Aide-de-camp de S. M.

Maires, (5).

Préfet.

Colonels de légions, (3)

Inspecteur de l'École turbulente.

Dix—huit Députés.

Hommes de lettres.

Et notables F.·. M.·. dont vous avez l'estime.

Tout cela, je vous l'ai déjà dit, ce n'est que de la bamboche, pour nous.

En définitive. que voulez-vous que nous fassions de ce

certificat de 1830 (usé) époque où, grâce à vous, cependant, héros de Juillet !!! je suis arrivé au poste que
j'occupe encore aujourd'hui ; sans cela, je serai peut-être
encore dans la débine, commis comme vous, que je dé-
daigne maintenant parce que S. M. seule est là pour main-
tenir : D'abord pour avoir fait, au moment de la victoire
que vous avez remportée, du patriotisme désintéressé que
j'ai exploité depuis à mon profit; puis, des économies dans
mon administration au préjudice des nègres qui sont sous
ma férule ; tandisque vous qui, dans le même temps, avez
exposé votre vie pour le bien géneral, ne pouvez être
considérés que comme des anarchistes et rejetés comme des
vandales ! vu que vous n'avez pas eu le talent, en sortant de
servir votre pays de briguer, comme moi, en sortant des
caves du Ministère des Finances, la direction d'une sinécure ; et vous savez que je n'y perds pas mon temps, je
le mets à profit.......

Tel fut l'ultimatum de M. le Directeur.

Maintenant, Messieurs, je n'ai plus que mon réquisitoire (qui servira de procès-verbal de la séance) à pro-
noncer sur la loyauté et bonne foi de M. le Directeur que
je résume ainsi :

Attendu, qu'après cinq demandes, deux lettres de
recommandations du Maréchal G...., et quatre ans d'at-
tentes ; qu'après plusieurs démarches faites par divers
Députés en personnes auprès du Directeur, que nonobs-
tant les promesses les plus formelles à i-ceux, j'ai été im-
pitoyablement déchu de mes espérances en faveur d'individus non naturalisés français ;

Vu que cet acte de despotisme m'autorise à dire, qu'il

y à eu noire perfidie, de par le Chef du personnel dans sa promesse de m'admettre au rang des candidats, que tous ces derniers au nombre de 160 on été convoqués, à ce titre à l'Administration pour être classés ou nommés, et qu'il a fait mépris de ma personne en m'en éloignant :

Attendu, qu'il y a eu atroce duperie de par M. le Directeur lorsque en 1837, il a dit à M. C.... Député : que son intention était de me comprendre dans les premières nominations ; et qu'à moi-êmme il a dit : « votre affaire « est arrangée, mais vous ne pourrez pas faire partie « de la prochaine fournée, que de la suivante ».

Vu qu'il y a eu dérision envers deux autres Députés, MM. J.... et C.... auxquels M. le Directeur à promis ma nomination si je réussissais à lui produire une *seconde* lettre de recommandation de M. le Maréchal G.... qui a bien voulu se rendre à mes vives instances, que la réponse qui en est résulté fixait l'époque de mon admission :

Attendu, qu'il y à eu noire ingratitude de par le même envers M. L.... ministre en 1831, son propre protecteur, qui lui à adressé une lettre spéciale et très pressante en ma faveur ; que, laquelle lettre contresignée par M. A.... célèbre astronome, est restée sans réponse ;

Vu, qu'il y à eu duplicité maligne de par le Secrétaire de l'Administration, quand il à assuré à un de ses amis qu'il me considérait comme nommé ; que nous n'avions plus rien à faire qu'à attendre le moment décisif ;

Attendu, qu'il y à eu, de par ledit, violation de promesses, abus de pouvoir, en excluant d'un emploi dont il était digne, un père de famille, pour l'accorder à des individus, pour la plupart, ignorés ou tarés, à un industriel noyé dans la débauche, à un failli de mauvaise foi, à un capricieux boutiquier sans enfans, déjà en position de se faire un heureux avenir, à un saugrenu cocher de madame la comtesse De...., à un valet de chambre du baron de....., enfin aux protégés de la Cour ou des maîtresses de MM. les Directeurs ; que rarement on y admet des hommes recommandables sous divers titres, que ceux-là, au contraire, après les avoir abusés par des promesses mensongères, après leur avoir fait faire longtemps, antichambre comme devant la porte d'un Sultan, et de durs sacrifices, on les congédie avec des raisons plus ou moins ridicules ;

Vu, qu'aujourd'hui, on me refuse même de me faire le renvoi de mes pièces dont j'aurais besoin pour me produire ailleurs ;

Attendu, que toutes ces turpitudes peuvent être constatées, sans craindre qu'elles soient arguées de faux, par les sus-précités, Députés et Maréchal ;

Vu, qu'il est d'usage reconnu, que lorsqu'un citoyen essuie, soit grave injure, manque de bonne foi, ou dommages à ses intérêts, de la part d'un individu déloyal ; ces griefs sont déférés par devant les tribunaux compétens, pour en tirer réparation ; mais comme il ne peut en être de même à l'égard de ceux que j'impute à M. le Directeur, parce qu'il est des méfaits de haut-lieu que la justice d'aujourd'hui ne peut, ou ne veut atteindre, je dois recourir à la seule arme dont je peux me servir, à la publicité, pour flétrir du sceau de l'opprobre ce monopole despo-

tique que ce Directeur exerce impunément avec tant d'arrogance. (Vives approbations sur tous les bancs).

## ARRÈT.

ATTENDU, qu'il résulte, des révélations faites par
M. Samoht, dans ces débats, que M. le Directeur a forfait
à tout ce qui caractérise l'homme juste et impartial, qu'il
a commis un acte de flagrante injustice envers M. Roulagier; qu'il expose volontairement tous les courriers aux
plus grands périls, etc., etc.

NOUS, membres composant la présente Assemblée,
nous réunis en corps roulant et délibérant, juges et par-
ties, premières victimes des délits sus-précités; ouï le
réquisitoire de M. le Président, contre ledit Directeur
reconnu coupables sur tous les chefs de l'accusation, le
condamnons, en conséquence, à la peine d'être destitué
sur le champ de ses fonctions, de plus à la restitution de
ce que de droit, et à être remplacé immédiatement par
un homme plus humain et moins algébrique :

Mais, attendu que la caque sent toujours le hareng,
condamnons en outre; à la même peine, toute sa famille
qui occupent les meilleures Directions du royaume, les-
quels vu qu'il existe des circonstances atténuantes, seront
renvoyés pûrement et simplement dans leurs foyers :

Ordonnons que le présent jugement soit envoyé, pour
sa prompte éxécution, à la diligence de M. le Ministre des
Finances :

Ordonnons, en outre, que ledit jugement soit imprimé
au nombre de trois-cents exemplaires, pour être affichés
et distribué à domiciles, sans les violer.

Fait et délibéré au Palais de la bouche le primidi de Termidor an XLVIII, ère vulgaire.

Signés    Friponneau,         Mélange,

Ciseaurogne,        Roulegond,        Barbarrache,

Brossefort,        Sabourin,        Claironson,

Roulagier,        Samoht,        Bornaccroche,

+ signature de Pédestremann.

Paris. — Imprimerie d'Amédée Saintin, rue Saint-Jacques, 38.

www.ingramcontent.com/pod-product-compliance
Ingram Content Group UK Ltd.
Pitfield, Milton Keynes, MK11 3LW, UK
UKHW021010120726
13693UKWH00004B/1891